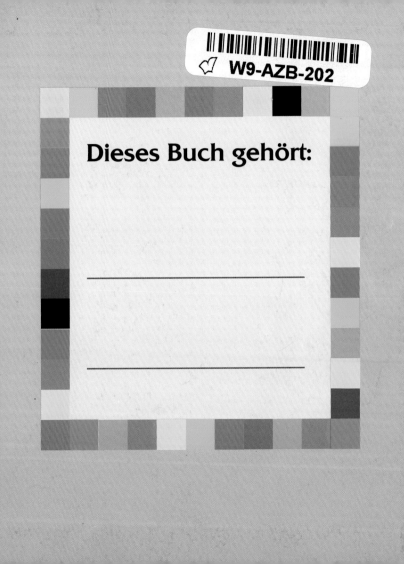

Dieses Buch gehört:

_____

_____

Für Brett

David McKee
Elmar

Aus dem Englischen von Hans Georg Lenzen

Thienemann

Es war einmal eine Elefantenherde: junge Elefanten, alte Elefanten, große, dicke und dünne Elefanten. Einige sahen so aus wie der hier oder wie der da oder wie der da drüben, alle ein bisschen verschieden, aber alle einigermaßen glücklich – und allesamt elefantenfarben. Nur Elmar nicht.

Elmar
war ganz anders.
Elmar war kariert.
Elmar war gelb und orange
und rot und rosa und lila
und blau und grün
und schwarz und weiß.
Elmar war überhaupt
nicht elefantenfarben.

Wenn Elmar da war, gab es für die Elefanten immer was zu lachen. Manchmal spielte er mit den anderen Elefanten, manchmal spielten sie mit ihm. Und wenn man sie vor Vergnügen prusten hörte, dann hatte Elmar sich wieder mal was Besonderes ausgedacht.

Eines Abends konnte Elmar nicht einschlafen, weil er
so viel nachdenken musste.
Ich weiß nicht – eigentlich habe ich keine Lust mehr,
so ganz anders zu sein als die anderen, dachte er.
Ein karierter Elefant – wo gibt's denn so was?, dachte er.
Kein Wunder, dass sie über mich lachen.
Und gegen Morgen, bevor die anderen richtig wach wurden,
machte Elmar sich leise und unbemerkt davon.

Er lief durch den Dschungel und traf viele andere Tiere.

Die anderen Tiere sagten alle: „Guten Morgen, Elmar!"
Und Elmar lächelte und sagte auch: „Guten Morgen!"

Er lief und lief und endlich fand er,
was er gesucht hatte: einen großen Busch,
einen großen Busch voller Beeren,
einen großen Busch voll mit
elefantenfarbenen Beeren.
Elmar ergriff den Stamm
mit seinem Rüssel und
rüttelte und schüttelte,
dass die Beeren nur
so auf den Boden
prasselten.

Als der Boden dicht mit den Beeren bedeckt war, legte Elmar sich nieder und wälzte sich – rechtsherum und linksherum, vorwärts und rückwärts. Dann pflückte er ganze Beerentrauben ab und rieb sich überall mit dem Saft ein. Schließlich war nichts mehr zu sehen von dem Gelb, dem Orange, dem Rot, dem Rosa, dem Lila, dem Blau, dem Grün, dem Schwarz und dem Weiß, und Elmar sah genauso aus wie jeder Elefant.

Dann machte sich Elmar auf den Weg zurück zu seiner
Herde. Unterwegs kam er wieder an den anderen Tieren
vorbei.

Diesmal sagten die Tiere zu ihm: „Guten Morgen, Elefant!"
Und Elmar lächelte jedes Mal und sagte: „Guten Morgen!"
– zufrieden, dass sie ihn nicht erkannt hatten.

Als Elmar wieder zu seiner Herde kam, standen alle
Elefanten still da und hielten ihr Mittagsschläfchen.
Keiner bemerkte Elmar, der sich unauffällig in die Mitte
der Herde schob.

Nach einer Weile wurde Elmar aber doch unruhig.
Was war nur los? Irgendwas schien nicht zu stimmen.
Er sah sich um: Der Dschungel war da, der helle Himmel,
die Regenwolke, die ab und zu vorüberzog, die Elefanten
– alles war so wie immer. Die Elefanten? Elmar sah sich um.

Die Elefanten standen ganz still und ernst da. Elmar hatte sie noch nie so stumm und still erlebt. Je länger er sie ansah, desto komischer fand er sie.

Schließlich konnte er sich nicht mehr halten – er hob den
Rüssel und brüllte, so laut er nur konnte:

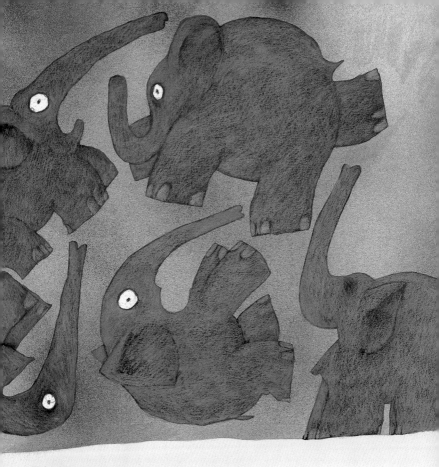

Die Elefanten fuhren hoch vor Schreck und purzelten durcheinander. „Du lieber Himmel – was war denn das?", riefen sie.

Aber dann sahen sie Elmar, der sich vor Lachen nicht mehr halten konnte.

„Elmar!", riefen sie. „Das kann nur Elmar sein." Und dann
lachten sie auch los – ein donnerndes Elefantengelächter.
Sie lachten so laut, dass die Regenwolke sich zusammenzog.
Ein gewaltiger Regen rauschte herunter.

Unter den Wassergüssen kam Elmars karierte Färbung wieder
zum Vorschein. „O Elmar", japste ein alter Elefant.
„Du hast uns ja schon oft ganz schön am Rüssel herumgeführt
mit deinen Späßen, aber das war die Spitze! Lange hat es nicht
gedauert, bis deine Farben wieder herauskamen!"

„Diesen Tag werden wir von nun an feiern", sagte ein anderer Elefant. „Jedes Jahr um diese Zeit ist Elmar-Tag, alle Elefanten verkleiden sich – und Elmar wird elefantenfarben." Und so machen sie es jetzt auch: An einem Tag im Jahr malen die Elefanten sich bunt an und veranstalten einen großen Festzug. Und wenn du an diesem Tag einen Elefanten entdeckst, der ganz normal aussieht, elefantenfarben – dann weißt du Bescheid: DAS IST ELMAR.

McKee, David:
Elmar
ISBN 978 3 522 43476 8

© für diese Ausgabe 2004 by Thienemann Verlag
(Thienemann Verlag GmbH), Stuttgart/Wien
Umschlagtypografie: Michael Kimmerle, Stuttgart
Reproduktion: Photolitho AG, Gossau/Zürich
Druck und Bindung: Tien Wah Press, Singapur
Printed in Singapore. Alle Rechte vorbehalten.
12 11 10 9 8*   09 10 11 12

www.thienemann.de

Elmar

zum kunterbunt Ausmalen

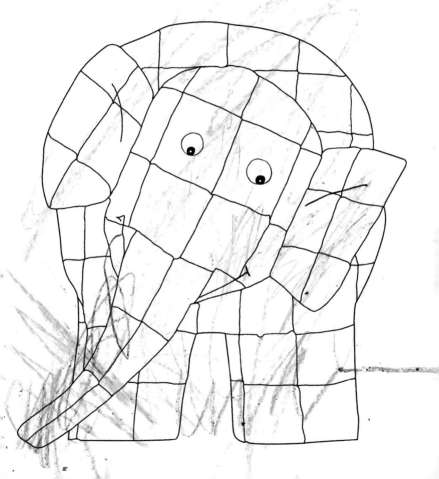